www.loqueleo.com/es

Título original: *Florentino, el guardador de secretos*

Avenida de los Artesanos, 6. 28760 Tres Cantos (Madrid)
Teléfono: 91 744 90 60

ISBN: 978-84-9122-193-7
Depósito legal: M-6.702-2017
Printed in Spain - Impreso en España

Segunda edición: septiembre de 2019

Directora de la colección:
Maite Malagón
Editora ejecutiva:
Yolanda Caja
Dirección de arte:
José Crespo y Rosa Marín
Proyecto gráfico:
Marisol del Burgo, Rubén Chumillas, Julia Ortega y Álvaro Recuenco

El guardador de secretos

Jorge Eslava

Ilustraciones de Julio Granados

loqueleo

Para mi papá,
que hacía cosas semejantes.

Popapa Florentino
Mi abuela
Mi hermana Malú
JULIO
Las llaves (que llevan a los secretos)

La pipa
(de donde
salen
los caracoles)
yo
El gato.
(buena gente,
no molesta para nada)

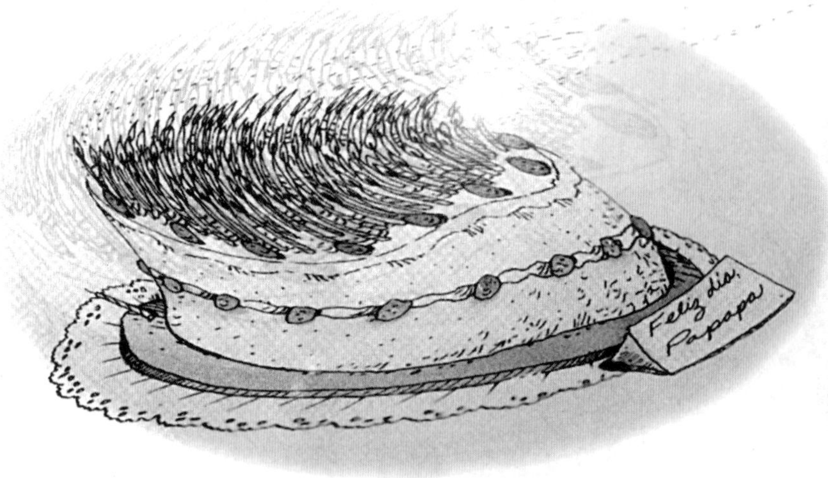
Feliz día,
Papapa

La fiesta desastrosa

Hoy el papapa Florentino cumple 97 años. Durante el día hizo todas las demostraciones de fuerza y agilidad que podía para probar que todavía está joven. La abuela aprovechó el superacontecimiento para hacerlo limpiar el comedor y arrimar unos sofás de la sala.

La fiesta iba muy bien, todos felices: los nueve hijos + los veintisiete nietos + los trece bisnietos + los tres yernos + las cinco nueras + las once novias/novios + los dos viejos amigos + los cinco perros + el gato = 76 invitados + (por supuesto) la abuela.

—¡Vamos a cantar *japiperdey*! ¡A cantar *japiperdey*! —iba chillando la abuela por la casa y, de paso, apagando todas las luces.

Mientras nos acomodábamos como podíamos alrededor de la mesa, él se puso a hacer sus bromas (pesadas) de toda la vida: revolver el dedo en las gelatinas, babosear los sándwiches, gargarear con el refresco.

—¡Oye, pedazo de maleducado! —vociferó la abuela—. ¡Viejo malcriado!

Él miró hacia el suelo, hizo su puchero. Los chicos nos divertíamos porque sabemos que al primer descuido de la abuela seguiría con su *show*: se pondría a chupar las velitas y ponerlas de nuevo en la tarta, a tirar del mantel, a demostrarnos que es un payaso lanzando las trufas al aire y atrapándolas con la boca.

Bueno, ahora sí estábamos todos apiñados y contentos. Empezamos a cantar con entusiasmo, pero superdesentonados. Ahí, en el salón oscuro y con la tarta muy grande repleta de velas, como una gran fogata, ya no parecíamos una familia, sino un grupo de amigos armando jaleo en un campamento.

Después vinieron los gritos de «¡pide un deseo!», «¡un deseo!», seguidos del típico «¡ya no sopla!, ¡ya no sopla!, ¡ya no sopla!».

—¡Ya verán lo poderoso que estoy con mi poder! —retumbó la voz del papapa—. ¡Lo haré con un hueco de la nariz!

Entonces se acercó a las llamitas de fuego, tomó una bocanada de aire y expulsó un TROMMM como el trombón que produce una botella de champán. Después, el silencio duró lo suficiente para imaginar lo peor.

La luz se encendió. El papapa estaba que reventaba de risa, señalando la tarta. Y fue cuando nos quedamos tiesos de asco: sobre el *fudge* con cerezas, colgando a duras penas de una de las 97 velitas de colores, el más enorme moco que habíamos contemplado jamás. ¡Ajjjjh!

Todos creímos ver cómo la abuela agarró la tarta y se la hundió al papapa hasta las orejas. Todos hubiéramos jurado cómo quedó su cara de chistosa con esos trozos de colores. Pero fue solo nuestra imaginación, porque la abuela no pudo ni pestañear y él seguía ahí tan fresco matándose de risa.

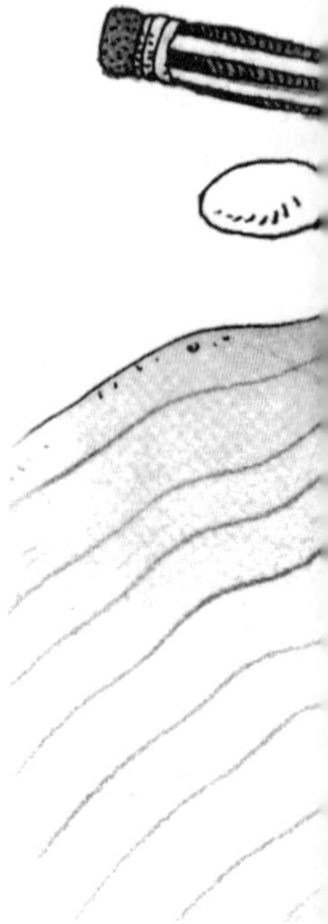

El comienzo

Había escrito solo tres líneas

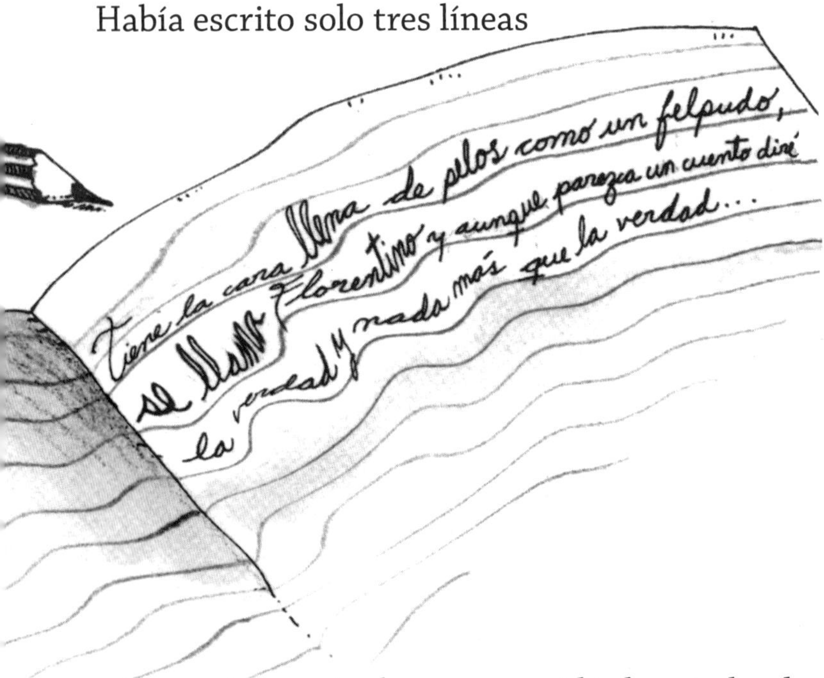

cuando sentí a la entrometida de mi abuela que curioseaba sobre mi hombro.

No hice más que dejar el lápiz y tapar con mis manos el cuaderno, para que ella se alejara refunfuñando:

—Este muchachito del demonio no entiende, qué terco, por Dios. ¿Por qué no deja al ogro en su escondite?

Es que esa tarde había comentado con Malú, mi hermana, escribir un cuento sobre el papapa y la abuela se entrometió con su cantaleta de «¿para qué vas a hablar de él, si es un viejo chiflado y cascarrabias?».

—Pero tiene las cejas más diabólicas que he visto nunca jamás —respondió mi hermana.

—Y encima guarda los misterios más alucinantes —añadí.

—Justamente —remarcó la abuela—. ¿Y por eso vas a desperdiciar papel, pedazo de alcornoque, escribiendo esas historias repugnantes de tu abuelo?

Y empezó la discusión.

Nosotros: que el papapa hace aparecer y desaparecer las monedas, que habla con la barriga sin mover los labios, que conoce todas las capitales de todos los países del mundo (hasta de los que no existen)...

Ella: que el abuelo es un tramposo, un vago. Que su magia son trucos de pacotilla, de mago barato, que cualquiera adivina dónde esconde las monedas...

Nosotros: que el papapa gira los ojos para hablar con los espíritus, que te mira y adivina qué te duele, que se saca el pulgar de la mano cada vez que lo llaman por teléfono...

Ella: que Florentino está más loco que el rey del manicomio y que le encanta asustar a la gente. Que es un gran comilón de nueces y que encima tiene pésimos modales, y que a pesar de sus 97 años está cada día más inmaduro...

Malú y yo, por supuesto, lo defendimos cuanto pudimos. Pero la abuela es muy astuta y muy peleona, porque en las discusiones es realmente invencible: se enfurece y se pone más colorada que una remolacha y suelta cada disparate...

—¡LA ABUELA FEROZ! —la fastidia siempre mi hermana.

En verdad se pone horrible cuando hablamos del papapa, como ahora. Así que yo aproveché para aguantar su rabieta («¡qué va a saber leer el destino si no ve más allá de sus narices!», estaba diciendo, «¡claro que me da muy mala espina cuando se mete con mi futuro!»), porque todo lo que decía me sonaba tan pero tan fantástico que me pareció una idea maravillosa escribir esa historia.

—Ella no querrá que cuentes tonterías y se burlen de nosotros en el colegio —me dijo más tarde Malú.

—¿Tú crees?

—A ella no le gustan los chismes...

—Cuando se trata de nosotros...

—O se morirá de pánico de que rebusques en los escondrijos del papapa... y nos enteremos de algo.

Dio en el clavo. Lo supimos más tarde, porque después de investigar bien a fondo descubrimos que el papapa...

Bueno, ya lo sabrás dentro de poco.

La casa de madera

Esta es la casa de los abuelos, donde vivimos con ellos y mis papás. Tiene como ciento veinte años y es toda de madera. Dicen que es de pino negro y que lo trajeron de la isla de Córcega y que está preparada contra incendios. Tiene un sótano inmenso que ocupa toda la casa (¡las nueve habitaciones + el salón, que parece una cancha de fútbol!), menos el jardín, donde hay una vieja higuera.

En esta casa vivió mi papapa de pequeño. Yo nací aquí y ya cumplí los diez años. Desde hace poco tengo permiso para bajar al sótano, pero siempre acompañado de Malú porque es muy peligroso. Es un laberinto oscurísimo y húmedo. Está lleno de cañerías oxidadas, piedras y cucarachas blancas.

El escritorio de mi papapa Florentino ocupa tres grandes habitaciones, una al lado de la otra. Tiene siempre las ventanas y las puertas recontracerradas, por eso huele a guardado. Entrar es una maravilla: todo está repleto de estanterías y de libros hasta el techo. Arriba hay un montón de cerámicas preíncas y en las repisas, entre las telarañas, hay animales disecados y fotografías.

Debes saber que traspasar la puerta de su escritorio es una verdadera hazaña, porque a él no le gusta hacer pasar a nadie (creo que ni a su propia sombra). Bueno, salvo rarísimas excepciones. Pero entrar sin su permiso es imposible, porque él tiene las puertas y las ventanas bajo setenta y siete llaves.

El papá de mi papá

Mi papapa Florentino es una persona muy rara, como te habrás dado cuenta. Demasiado rarífico para ser solo un mago o un monstruo de las cavernas. O simplemente un locumbeta. Conste que no lo digo porque hable con las ánimas del purgatorio «sobre la inmortalidad del mosquito» (según dice él). Ni porque se pase leyendo horas y horas en su mecedora, fumando una pipa extraña que en vez de humo exhala hileras de caracoles, que se pasean después tranquilamente por la alfombra.

Caracoles grandes y chiquitos. Los hemos visto con mi hermana: algunos están pegados con su baba a los libros y a los muebles de su escritorio. Él los recoge, les acaricia el caparazón,

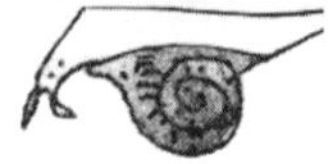

les habla. Ellos levantan sus antenitas como si lo entendieran.

Tampoco digo que sea muy raro porque justo le dé por dormir cuando todos están despiertos y yo zascandileando en la casa de un lado para otro. ¡Y encima duerme haciendo el pino como los murciélagos! ¿Te imaginas lo que será dormir al revés? El papapa solo dice «es para mejorar la circulación de mis orines» y que eso lo relaja cantidad.

Claro, entonces tengo que moverme como en la luna porque él no quiere nada de bulla, que si no me echa unas feas maldiciones. Una, por ejemplo: *¡fiat brujus pécora!* Quiere decir ¡hágase el brujo come pezuñas mugrientas! No te creas, es una gran amenaza contra mis pies sucios (me encanta caminar sin zapatos), porque se transforma en una cosa peluda y horrible y me persigue para mordérmelos. Entonces tengo que entrar corriendo al baño para lavármelos.

—Tú tampoco te lavas los pies muy a menudo, abuelo —le dije el otro día.

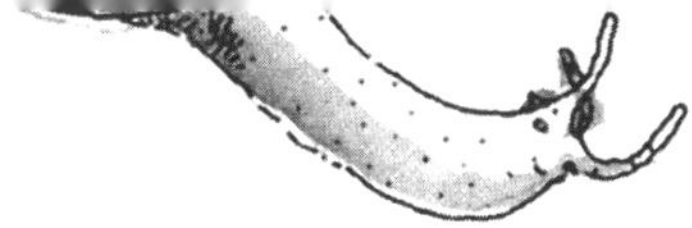

—Una vez al mes —me respondió—, ¿para qué más?

—Cochinazo, entonces te los va a comer a ti también.

—No, porque a ese brujo le caen muy mal los uñeros, los juanetes y los hongos. Justo todo lo que yo tengo.

¿Te das cuenta? Qué más podría decirle. Pero tampoco es por eso que me parece tan rarífico, ni porque se coma los grillos del jardín y sigan cantando en su barriga o porque muchas veces le dé por contarme historias aterrorizantes, que suenan un poco así: *lopb uwghbdte srtebgstetruen udj jdue73h wsdnbgsterdkjd kyrrrr.*

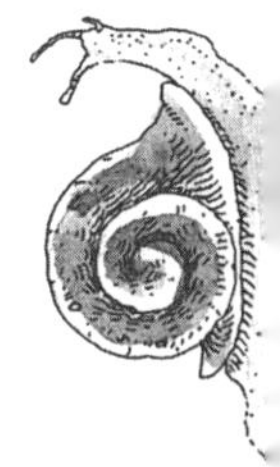

Claro, qué voy a saber lo que significa, pero igual me dan un montón de miedo, por las voces y los ruidos de ultratumba que hace con la boca. ¡Y las muecas horrendas!

De lejos siempre se sabe cuando viene el papapa. Camina sonando a campanillas de latón, igualito a los becerros, porque lleva tres manojos de llaves colgados del cinturón. Ah..., cientos

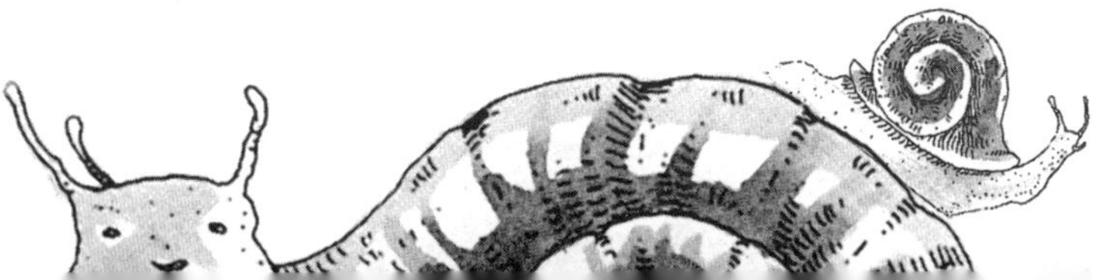

de llaves que son de las puertas y los cajones misteriosos de su escritorio.

Y eso es, precisamente, lo que hace de mi papapa el tipo más raro del mundo. Quiero decir: no por cargar el montón de llaves de las puertas y los cajones de su escritorio, sino por su embrujado escritorio donde guarda —tras vueltas y vueltas de llave— sus extraordinarios secretos.

El paraíso de las cosas viejas

Él casi vive metido en sus tres cuartos, un poco a oscuras, solo con la lámpara encendida de su escritorio. Ahí escribe con una letra chiquitita o garabatea hojas y hojas, todo el tiempo que no está sentado en su mecedora. O simplemente se pasa el tiempo arreglando las cosas de la mesa de su escritorio, que es tan grande y tiene tantas cosas como si fuera un antiguo museo en miniatura.

Encima de la mesa hay todo lo que puedas imaginarte: viejos portasellos, lápices mordisqueados, pipas, tinteros de varios tamaños, anteojos, ceniceros con inscripciones en otros idiomas, una fila de navajas pequeñas y lo que más me gusta: un barquito dentro de una botella.

También hay un globo terráqueo y miles de pisapapeles. El más lindo es uno de cristal de roca que tiene un escarabajo adentro, dorado y reluciente, y que jura mi papapa que en la madrugada se mueve porque nunca amanece donde lo dejó la noche anterior.

Claro que lo que más hay por todas partes son libros y millones de recortes de periódicos. Montañas de artículos sobre las mesas, tirados en el suelo o haciendo equilibrio en los bordes de los estantes. Todos sobre política y están marcados con tinta roja: subrayados, con grandes aspas o anotaciones en todos los espacios en blanco. Inscripciones como «eres un calzonudo», «eso es lo que tú crees, necio», «calla, mentecato, aprende a leer...».

(Está clarísimo: nadie debe estar en desacuerdo con él...).

En una esquina del estante más grande hay un frasco de vidrio, con una tapa redonda y que fue de una antigua farmacia de nuestra ciudad. Dice en letras blancas BELLA-

DONA. LABORATOIRE DE LA PHARMACIE FRANÇAISE. Siempre lo miraba y lo miraba, sin saber qué contenía. Como está tan cubierto de polvo no se ve nada y entonces un día le pregunté qué guardaba ahí.

—Uñas de bichos desenterrados —me respondió. Cogió lentamente el frasco y lo acercó a su cara, le dio un largo soplido y el polvo estalló como escarcha ante mis ojos. Miró a trasluz del cristal y añadió:

—Ahora ellos son lindos esqueletos o tal vez puro polvo, pero yo conservo sus láminas

intactas. Uñas de roedor..., de gato negro..., de ese animal llamado salamandra y que vive en el fuego.

Yo me quedé impresionado.

Él sonrió y...

—Nooo, tontito —me dijo—, la verdad es que son uñas, pero uñas de personas. De sus manos o de sus pies, no importa, pero de todas las personas que he amado y amo y amaré.

Puso su pañuelo sobre sus muslos, lo estiró bien y vació el contenido del frasco poco a poco.

—Aquí guardo las uñas de mis papás..., de mis hijos... de mis cuatrocientas novias (en realidad, son un poco más)..., de tu mamama..., de mis nietos..., por ahí andan las tuyas.

Yo miraba caer los trocitos y amontonarse en un enredo de medialunas.

—Hay gente que colecciona mechones de pelo, así que no tiene nada de anormal... —me iba diciendo, mientras yo contemplaba que, de ese desorden de uñas, algunas sobresalían porque eran muy grandes y retorcidas, amarillentas como queso rallado. Entonces le quise hacer una broma.

—Abuelo, ¿no te apetecen unos tallarines con este parmesano?

—*Spaghetti al burro? Va bene, perché no?* Antes probemos una pizca del parmesano.

Entonces sacudió el montoncito, que se desmoronó como una torre de migas de pan. Rebuscó y cogió tres uñitas blancas y las puso sobre la palma de su mano. *"Buon appetito!"*, me dijo, y me las ofreció con elegancia.

El cubo de basura

Un día me puse a rebuscar en su canasto de papeles. Es un cesto muy grande y es donde tira todas las cosas que no le sirven (como todo el mundo), pero también las cosas que le pueden servir dentro de un mes o dos. ¿Quién sabe? La abuela no se atreve a tocarlo, en realidad ni lo mira, aunque esté rebasando de papeluchos o cáscara de nueces o lapiceros sin tinta.

En cualquier momento se le puede encontrar con medio cuerpo adentro, rodeado de basura y escarbando en el fondo del canasto, renegando que quién diablos ha metido sus manos y ha sacado tal artículo que él había «guardado» ahí. Puede ser también la foto de una revista, el cepillo de dientes con que limpia su máquina de escribir o una receta médica de hace siglos.

No importa lo que sea, lo importante es que también ese es un lugar de sorpresas para cualquiera. Me acuerdo de ese día que todavía era pequeño y él fumaba muy tranquilo en su mecedora (exhalando caracoles de su pipa) y me metí a rebuscar ahí. Creo que el papapa se daba cuenta, pero no me decía nada y yo removí despacito, con cuidado de no desordenar su maravillosa basura.

Mira lo que encontré: corazón de maíz, sobres de tabaco para pipa, plumones, cartulinas recortadas en forma de barco, pilas sulfatadas, imperdibles, una media rota, cáscaras de nueces, un montonón de piedras, hisopos usados y creo que hasta su dentadura postiza. Pero en el fondo estaba lo más lindo de todo: el antifaz de Batman que se me había perdido hacía bastante tiempo.

El papapa por dentro

(capítulo escrito por mi hermana)

En invierno, que es la época más oscura y triste del año, apenas si se deja ver. Cuando nos vamos al colegio, él todavía sigue en su cama y, al regreso, él ya almorzó y está encerrado en su escritorio. Así que lo vemos por la noche, como a las siete, que sale de su guarida y se prepara su cafecito. Ahí nos fastidia o nos ayuda en las tareas.

Después vuelve a su guarida para soñar.

Pero el fin de semana es diferente. «El sábado y domingo no son para rascarse la panza», nos repite siempre. Entonces le da por arreglar el enchufe o ajustar las hornillas de la cocina. Empieza por levantarse temprano y es cuando nosotros estamos metidos en la cama, remoloneando de lo lindo. Y lo sentimos moverse afuera, «muy discretamente» (dice él). Claro, cantando bajito, pero dando, por ejemplo, martillazos a una cacerola para achatar sus abolladuras.

Entonces empiezo a imaginar estas cosas:

Se levanta de la cama y siente que ese día se le va más rápido que los otros. Que tiene que agarrarlo fuerte con sus manos, como si fuera un martillo o una llave de tuercas. Por eso se pone a revisar cada rincón de la casa hasta encontrar dónde falta un clavo o qué caño gotea para arreglarlo.

Esta idea del tiempo que vuela lo altera mucho. Por ejemplo, durante el desayuno quiere hacer chistes y hojear sus periódicos y renegar del noticiero de la televisión y dar consejos a mi papi de qué champú usar para que no se le siga cayendo el pelo y explicarle a mi hermano los efectos de la corriente de *El Niño* y recomendarle a mi mami la preparación de una mermelada de albaricoque con champiñones y darle de puntapiés al gato bajo la mesa y jugar conmigo a las palabras rimadas y etcétera, etcétera, etcétera.

Todo lo quiere hacer junto y rápido, pero solo los fines de semana. Como si el mundo de las cosas y las palabras fuera distinto esos días. Como si los sábados y domingos no fueran completamente suyos y alguien pudiera venir y quitárselos de las manos.

En cambio, los otros días son para él como parte de un mundo propio, que él puede hacer y deshacer a su antojo. Casi soñar, pensar en las musarañas sin que nadie lo apure. Todo relajado, como si el tiempo estuviera solo en su mente, en su imaginación.

A lo mejor te estoy confundiendo, pero es como si el paso del tiempo dependiera no del

reloj, sino de tus ganas o de tu capricho. O, por último, de tu necesidad. ¡Imagínate que pudieras alargarlo si quisieras (un día de playa, por ejemplo), para vivirlo más lentamente!

Por eso creo que mi papapa Florentino se siente un fantasma de lunes a viernes. Vaga como un aparecido, fuera del mundo. Pero cuando esos maravillosos fines de semana juega un rato con nosotros, no es ningún fantasma, sino un cerdo que se revuelca en el jardín y que dice palabrotas.

La abuela se pone furiosa

¡HOMBRE DE LAS CAVERNAS!

¡RUINA PREHISTÓRICA!

¡apestoso!

¡Viejo calloso!

¡Eslabón perdido!

¡Holgazán barbudo!

¡MUERTO VIVIENTE!

¡chatarra oxidada!

¡LOMBRIZ ASQUEROSA!

Y también: ¡FÓSIL!, ¡GRANUJA!, ¡BRIBÓN!, ¡BELLACO!, ¡MENTECATO! ¡VEJESTORIO! y muchos etcéteras.

Ah, la abuela. Siempre con su mala cara buscando al papapa para soltarle «unas cuantas frescas», como dice ella. Eso quiere decir que no puede estar sin regañarlo un solo día.

Si no se afeita un par de semanas, ya le anda diciendo «estropajo peludo» o «maíz rancio». Y encima no quiere que se acerque a nosotros con toda su pelambre, porque «no vaya a ser que les contagies tus piojos y tus liendres».

—¿Qué te cuesta afeitarte? —le regaña la abuela—. ¿Acaso no te compro tus maquinillas de afeitar? Ahí tienes mil en el baño y no las usas.

Es verdad. Pero al papapa Florentino le gusta afeitarse a las quinientas y con su antigua navaja, una que se abre y se cierra como un abanico. Que tiene mango de hueso. Rara vez le saca filo con una correa que tiene clavada en el borde del lavabo. Raspa para un lado y para el otro, un montón de rato, hasta que brilla el borde de la cuchilla y ya.

—¡Barrabás! —también le dice si está con la cara lanuda.

¡Pobre papapa!, porque la abuela siempre tiene sus palabrejas para él en todas las ocasiones: si ha tomado su par de vinitos, «¡borrachoso!, ¡majadero!»; si nos está contando una historia mostraica, «¡echacuervos!, ¡fanfarrón!, ¡lenguasucia!»; si se le cae algo o se tropieza con un florero y, ¡pum!, se hace añicos, entonces le suelta con toda su rabia: **¡GAZNÁPIRO!**

Esa es una palabra que me encanta cómo suena y que la busqué en el diccionario y significa muy torpezón. Pero no es verdad que él sea así, ni malo ni pedorrero, lo que pasa es que la abuela es una refunfuñona y le divierte gastarle la paciencia al papapa. Pero él solo grita burlón:

—¡Ey..., tráiganle su escoba a la bruja para que se dé una vuelta por ahí!

Yo, si quiero, puedo quejarme de cualquier dolor. «Pobechito, mi lorito», diría la abuela y me daría pastillas y estaría molestando para que me lleven al médico. Pero si el papapa se queja de algo: «Ya empieza este esperpento con sus achaques».

Y que ni se le ocurra rascarse al papapa al lado de ella, porque entonces ella chilla: «¡Sáquenme de aquí este canino sarnoso!». Pero él se pone a tararear de lo más fresco:

Dicen que llegó Colón
en una carabela:
«¡Una vieja en calzón!»,
gritó al ver a la abuela.

—¿No te molesta que te diga tantas cosas? —le pregunté un día al papapa.

—¿Por qué? —contestó muy fresco—. Ella será feliz así y yo soy como un espantapájaros: recibo los picotazos, pero cuido la cosecha. —Y se golpeó con el índice dos, tres veces la mollera.

Me pareció una respuesta sabia. Por eso, en lo que sí tiene la abuela toda la razón es cuando dice un poco resignada: «El abuelo es un caso que ya pertenece a la historia».

Mi hermana tiene una idea

—¿Si le robamos las llaves?

—¿Estás loca?

—Pero si quieres conocer más al papapa tienes que entrar en su habitación —insistía mi hermana—. Ahí están guardados todos sus secretos.

Yo lo sabía perfectamente. Pero ¿cómo robarle las llaves? Ya les dije que él carga a todos lados tres manojos de llaves, bien prendidos del cinturón.

—Ya lo he pensado. Tiene que ser —me susurraba— cuando duerma su siesta.

—Pero no siempre se echa la siesta.

—Pero siempre se duerme cuando nos lee cuentos..., ¿o no?

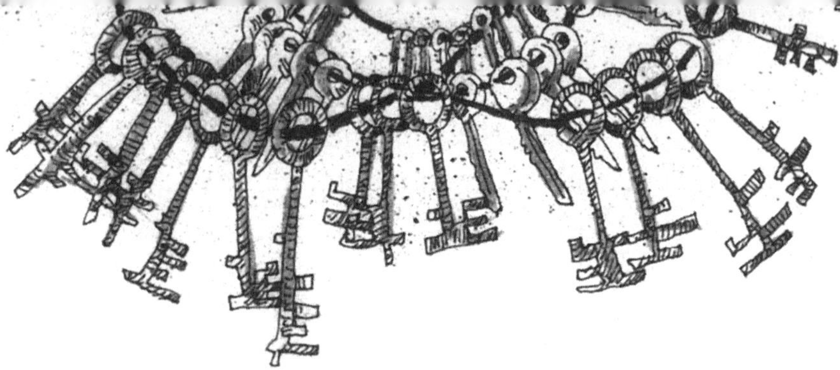

Era verdad. El papapa Florentino nos leía uno o dos cuentos, y nosotros, «otro, abuelo, otro». Y era leyendo el tercer cuento, exactamente en la mitad del tercer cuento, que se quedaba dormido.

—Hay que traer mañana un libro del colegio. Que sea uno nuevo, ultimito para que él no lo conozca —me decía y abría los ojos superemocionada.

«Claro, cosa que de todas maneras lo va a leer», pensé. Porque a veces había cuentos que ya se los sabía y simplemente ni los quería abrir. Pero ahora Malú lo había planeado bien, porque me seguía contando su plan.

—Yo me encargo del libro.

—¿Y después?

—No, espérate. Antes tenemos que prepararle una manzanilla con su trampita.

—¿...?

—La mezclamos con esas hierbas que toma papi para relajarse...

—¿Esas que se llaman «dulces sueños»?

—Claro, y la revolvemos con azúcar y ya...

—¿No es peligroso?

—Oye, bobo, ¿acaso papá no las toma seguido?

—Sí, pero el papapa tiene muchos años y se puede quedar dormido un montón de rato.

—No, porque tampoco vamos a abusar. Le pondremos solo unas cuantas hojitas. Dormirá lo suficiente para sacarle duplicado a todas sus llaves.

—¿¡Copias a todas!?

—Claro, además ya hablé con el cerrajero del mercado. Nos va a cobrar bien barato.

Aunque tenía que romper mi hucha para pagar las llaves, el plan era perfecto. «Ojalá resulte», pensé.

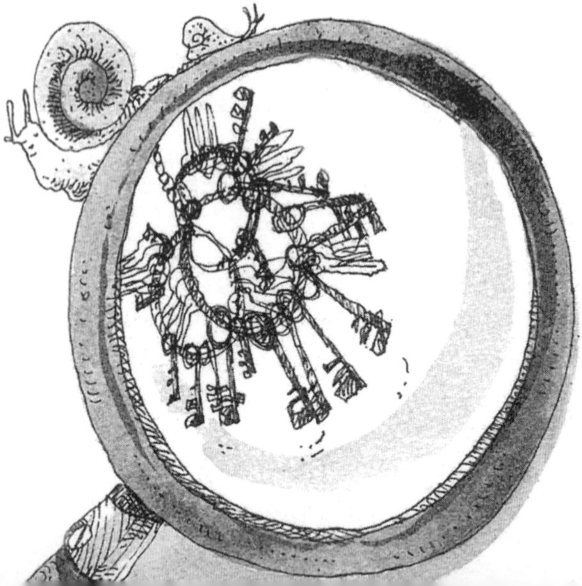

El día escogido

Regresamos del colegio un poco preocupados. Malú había traído una novela y no un libro de cuentos. «¡Qué boba!», le dije, y me contestó que cuando se puso a buscar en la biblioteca: «Esta yala..., esta yala..., esta yala», decía. Es que cada obra que veía «ya la» había leído el papapa.

Ahora teníamos al fin un libro que el papapa no conocía, pero era una novela y temíamos que no se animara a leerla. Podría decirnos «es muy larga» y nos llevábamos un chasco. De todos modos, yo sería el encargado de convencerlo.

Esa misma noche:

—Papapa, ¡este libro es mostraico!

—A ver. Mmm... *Los cretinos,* buen título.

—¿Nos lo lees, porfa?

Y el abuelo se quedó en silencio, mirando y olfateando y tocando el libro. Era buena señal. Siempre que le interesa un libro es así: lee la contraportada, lo dobla con ambas manos, pasa las hojas al vuelo y lo acerca a su nariz. Dice que le encanta el olor de imprenta. Luego lo lee salpicadamente. Ahora que lo hacía y miraba los dibujos, sonreía hasta que de pronto soltó una risotada.

—¡Está buenazo! —dijo—. ¿Quién es este granuja que escribe tanta porquería?

—Roald Dahl —contesté.

—Tiene como veinte libros para chicos que son excelentes —agregó mi hermana, que los ha leído todos y que estaba viniendo con la taza de manzanilla en la mano.

—¿Para mí, tramposita? —preguntó el papapa y un escalofrío de ser descubiertos nos recorrió la espalda.

El papapa bebió un sorbo (nos miró con ojos de saberlo todo) y empezó a leer con su voz cavernosa:

El señor Cretino no se molestaba ni siquiera en abrir mucho la boca cuando comía. Por eso (y porque nunca se lavaba) siempre había cientos de restos de viejos desayunos, comidas y cenas pegados a los pelos y distribuidos por toda la cara. Pero, eso sí, no eran trozos grandes, ya que acostumbraba a restregárselos con el dorso de la mano o con la manga mientras estaba comiendo ....

....

....

....

Leyó y leyó (ya se había tomado toda la manzanilla y seguía más fresco que una lechuga) y, aunque varias veces reventó en carcajadas, no paró de leer hasta el punto final. Tampoco pararon de crecerle pelos por todos lados, mechones hasta por las orejas, así que cuando terminó tenía la cara igualitita a la del personaje de la novela.

—Pues ahora, pequeños granujas, el mismísimo señor Cretino dormirá como un tronco —nos dijo y de repente empezó a roncar.

Ábrete sésamo

Puedes imaginarte que esa noche le sacamos los tres manojos de llaves con mucho cuidado y volamos al cerrajero. Él las hizo tan rápido como pudo y nos repetía «yo nada tengo que ver en esto, si los pescan es problema de ustedes».

Cuando regresamos el papapa seguía frito en el sofá. La abuela le había quitado la pipa, las gafas y arreglado el pelo, creo que para que no asustara a nadie. Le enganchamos los tres manojos en el cinturón y desaparecimos de ahí. Guardamos las copias de las llaves en un cofre de mi hermana.

Eso fue ayer. Hoy es viernes y todos los viernes el papapa acostumbra ir al Parque Municipal. Es que hay música y él acostumbra a

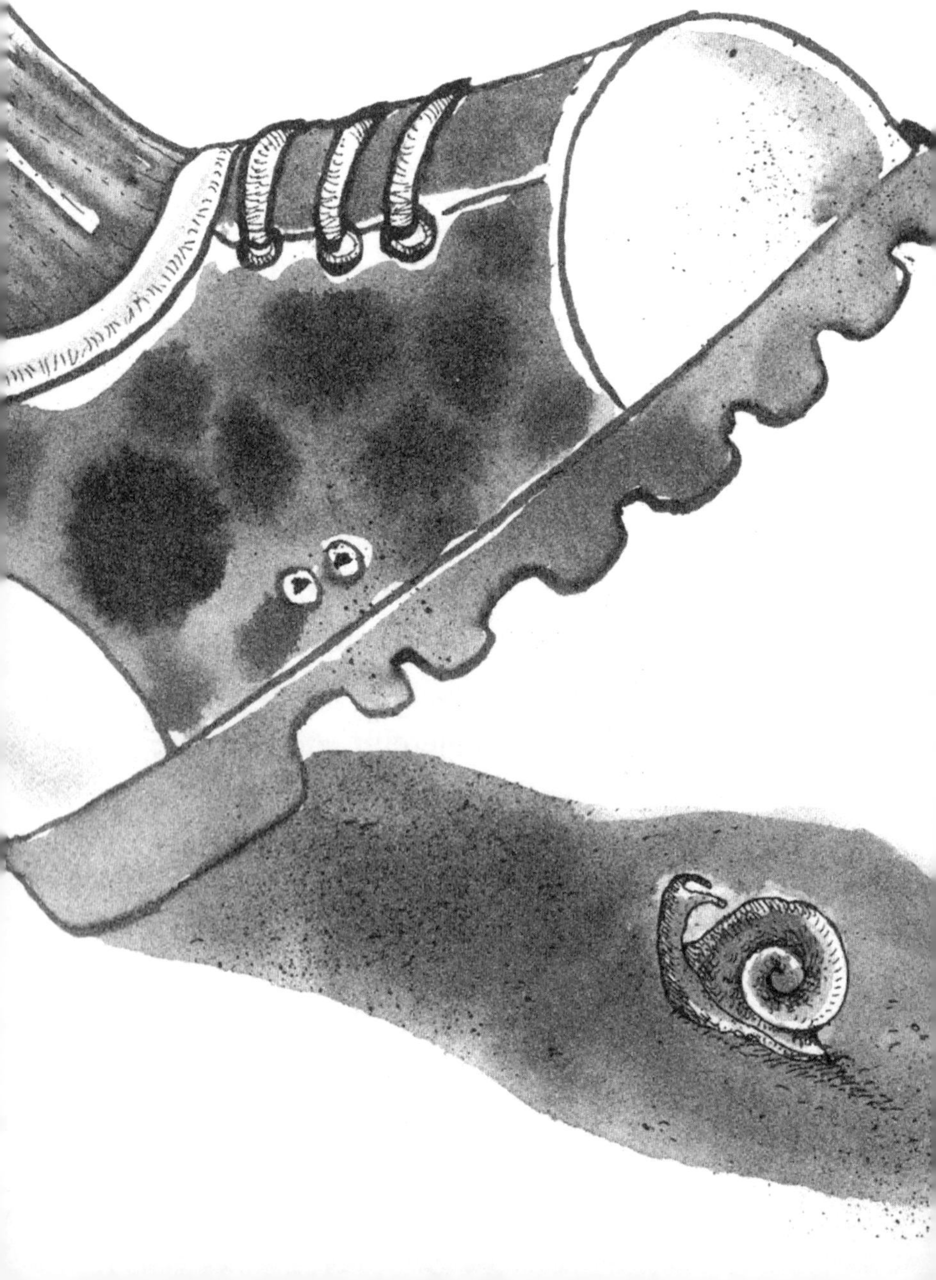

quedarse hasta bien tarde. Así que nosotros aprovecharíamos para entrar a su cueva.

Apenas se fue, corrimos a la puerta del escritorio. Nos latía muy fuerte el corazón. De puro nerviosos se nos cayeron una y otra vez las llaves. Por gusto probamos con todas, porque estaba sin seguro. ¡Increíble! Abrimos la puerta tranquilamente, nos miramos. Malú la empujó despacio y puso la punta del pie adentro...

—¡Ay! —gritó. Había pisado uno de los caracoles que se pasean por la alfombra.

«Pobre animalito», pensé, «cómo habrá quedado de aplastado su caparazón». Metí la cabeza para verlo y lo que vi fue fenomenal. Había miles y miles de caracoles regados por todos lados, tanto que parecía un ejército que empezaba a amontonarse en la puerta impidiéndonos el paso. Fui por una escoba para poder moverlos y entrar.

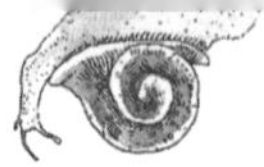
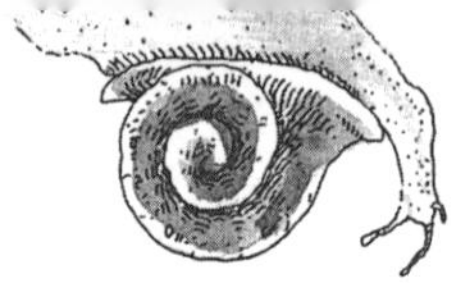

Vivir en otra dimensión

Apenas entramos sentimos algo distinto, como habernos transportado a un planeta desconocido de una galaxia desconocida. No se escuchaba nada y había un olor horrible como a humedad, a ratones muertos, a trapos viejos. Por un momento entró un aroma agradable.

—¿Sientes? —le pregunté a mi hermana.

—Sí..., como a polvo de estrellas.

—¿Acaso tú sabes cómo huelen las estrellas?

—No, pero a eso huele —me contestó. Luego levantó la cabeza y se quedó mirando la gran claraboya del techo.

Yo también levanté la mirada y pude ver, a través de las ventanas de la claraboya, que la noche empezaba a oscurecer la ciudad y que al fondo iban apareciendo miles de estrellas. «¿Te das cuenta?», me preguntó, «solo perfuman aquí adentro».

Todas las cosas estaban aprisionadas y ensombrecidas. Nos moríamos de miedo (mi corazón retumbaba como un tambor), pero debíamos continuar el plan... y entonces caminamos de puntillas para no hacer ruido ni aplastar caracoles. Parecíamos un par de ciegos asustados en una granja repleta de huevos.

—Es un cementerio de cachivaches —fue lo primero que dijo mi hermana cuando empezamos a caminar.

—... muy pronto será de caracoles —agregué y no seguí caminando, porque sentía algo gelatinoso bajo mis suelas.

—Apostaría a que hay fantasmas —ella hablaba sola—, que acá penan de madrugada.

Realmente parecía. Entonces empezó a recordar que seguro que por eso le gustaba al papapa hacer espiritismo a medianoche y que sus

cuentos eran siempre macabros, con aparecidos y calaveras gordas.

—¿No te acuerdas de cómo le encanta contarnos la historia del decapitado —me preguntaba—, de ese que fue a buscar su cabeza para enterrarla en una maceta de la abuela?

Me entró pánico al recordar esa maceta (en la ventana del jardín) y los dientes empezaron a castañetearme. Estuve mudo largo rato, mientras ella ahora decía «que por algo le gusta dormir al revés, como a los vampiros...».

—¿Por dónde empezamos? —pregunté apenas mis ojos se acostumbraron a la oscuridad. Creía ver algunas siluetas...

—Tal vez debemos empezar por sacarnos esta cochinada de los pies —dijo con rabia Malú, señalando abajo.

Vi como una sucia espuma de mar bordeando nuestros zapatos. Entonces traté de levantar un pie y fue imposible. ¡La baba de los caracoles se había coagulado! ¡Estaba dura y pegosteada como cemento!

—¡Chispas! ¿Y ahora qué hacemos? —preguntó ella.

—¡Tú sabrás!, ¿acaso no es tu plan?

—Nooo, mi plan fue solo robarle las llaves.

—Shhhh, escucha...

Seguimos ahí parados sin mover una sola pestaña, escuchando un rumor que venía de la alfombra: alrededor de nosotros se habían estacionado millones de caracoles.

—¡Pucha, cuántos animalejos! —exclamó mi hermana verdaderamente asustada.

—Tranquila, si nos atacan les tiramos todos los libros hasta acabar con ellos.

Estiramos la mano y agarramos todos los libros que pudimos. Yo alucinaba una guerra con seres de otro mundo... Permanecimos una hora así, como estatuas. No sé cómo se me ocurrió decir: «San Roque, San Roque, que tu caracol no me babee ni me toque». De repente empezaron a irse y mi hermana recuperó el aliento. No tardó en hacerme una de sus bromas:

—¿Cómo hará el papapa para entrar?

—Yo creo que a él no lo fastidian.

—A lo mejor vuela para no pisarlos... o seguro que se vuelve invisible.

—¿Tú crees?

—Te estoy tomando el pelo, bobo. —Y empezó a sacarse los zapatos (yo la imité), mientras seguía hablando—: La verdad es que cuando el papapa va a entrar, todos los caracoles se ponen uno encima del otro formando varias columnas hasta el techo. Entonces le dejan todo el espacio libre.

—Mmmm...

—Y así el papapa se mueve a sus anchas y no aplasta a ninguno de estos bichos —dijo y se agachó para recoger uno que se había retrasado—. ¿Tú crees que son de verdad...?

—Claro que sí. Yo mismo los he visto salir de su pipa.

Ahora mi hermana tenía uno en la mano. Le estaba caminando por la palma y cuando llegó al borde, cuando parecía que iba a caerse, giró rápidamente la mano para ofrecerle seguir su

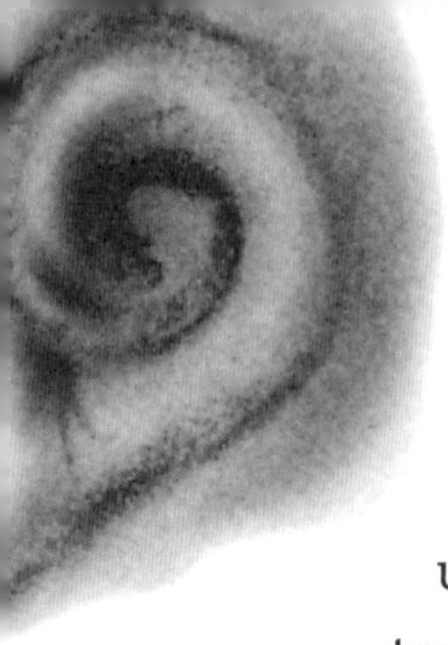

camino por el dorso. Pero de pronto el caracol desapareció, se hizo humo. Mejor dicho: se transformó en un hilo de humo que subió y subió lentamente al techo.

—¿Has visto lo que yo he visto?

El mágico fonógrafo

Era el antiguo aparato de sonido del papapa y ahí lo teníamos a un paso, sin verlo todavía. Él decía que era una herencia de su padre, ¡imagínate!, y nadie podía explicarse cómo diablos seguía funcionando tan bien, aunque del embudo saliera la música más vieja del mundo.

«Canciones prehistóricas y encima achacosas», era lo que siempre repetía la abuela cuando el papapa ponía a todo volumen sus canciones tristes y nos condenaba a escucharlas durante horas. Aunque él aclaraba diciendo que «no es lo mismo unas viejas canciones que canciones para una vieja». Y que además no molestaba a nadie.

En esto se equivocaba. Si bien estaba encerrado en su escritorio, las ondas de los instrumentos de la orquesta y las voces inundaban la casa con su melancolía y sin que uno se diera cuenta empezaba a llorar. Podía estar armando un rompecabezas o viendo la tele y de pronto un lagrimón resbalaba de mis ojos. Y después otro y otro...

Eso fue lo que nos pasó de improviso. Apenas vimos el fonógrafo, Malú y yo empezamos a gimotear porque (sin que nadie lo tocara) del embudo salió una voz familiar. Era una antigua canción austriaca, de Schubert, que habíamos escuchado varias veces con el papapa. Recordé que él nos había hecho notar cómo el canto sugería el ruido de la rueca y los tristes pensamientos de la muchacha.

—Es *Margarita en la rueca* —dije.

Mi hermana me miró con sorpresa.

—Claro, ¡pero es la voz del papapa! —Y se contuvo las lágrimas.

«¿Será cierto? Sí, parecía su voz cavernosa, profunda. ¿Cómo no me di cuenta antes?», todo esto me dije en un instante. Pero enseguida me pregunté cómo habría hecho el papapa para meterse ahí adentro, en medio del piano y los violines, para cantar tan conmovedoramente que ya no podíamos aguantarnos la pena y teníamos los ojos como encebollados.

—Creo que voy a llorar por toda mi vida —me dijo mi hermana, antes de ponerse a llorar desconsoladamente.

—Yo también...

Cuando terminó la canción, nosotros nos sentíamos como exprimidos y con un vacío en el pecho. Pensé que ya nunca tendría lágrimas para llorar por cosas importantes. Mi hermana me dijo: «Voy a sacar el disco», y levantó la aguja del fonógrafo.

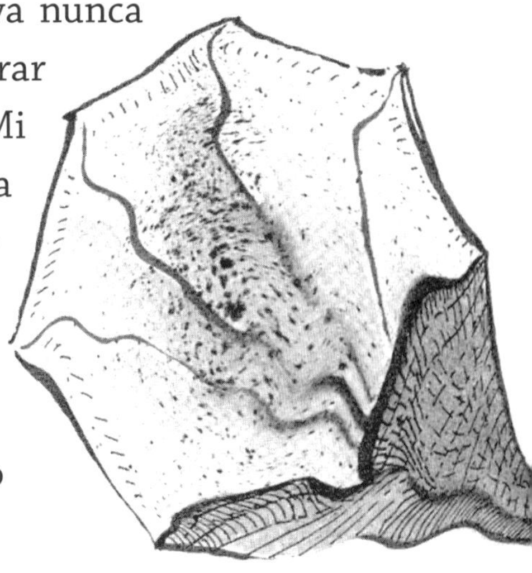

—¡No hay nada! —exclamó.

—Mejor, para que no vuelva a sonar.

—Pero tiene que estar en algún sitio.

Buscó alrededor, estiró la mano y encendió la lámpara. Una luz amarillenta alargó la sombra del mueble. Entonces abrió una puerta y ahí había, amontonados, cientos de discos antiguos. Casi todas las cubiertas estaban rotas y descoloridas por los años. Ella fue sacando los discos (eran platos grandes y muy negros) para leer lo que llevaban impreso en la etiqueta del centro.

—*Historias naturales*, de Maurice Ravel..., *Mesías*, de Georg Händel..., *Madrigales*, de Claude Debussy... Mmm... Mahler... Schumann... Mozart... —leía y me los iba pasando.

—No te entiendo.

—Es que era él, ¿no te das cuenta? Quiero convencerme de que sí era la voz del papapa Florentino.

—Imposible, el papapa nunca ha sido cantante —se lo dije por gusto, porque ella siguió leyendo las etiquetas.

—Bach... Wagner... Beethoven... Schubert... ¡Schubert!... Aquí está: *Margarita en la rueca*, de

Franz Schubert. Piano y voz: Florentino Prosciutto di Porco. ¡Es él! ¡Te lo dije!

—¡Increíble!... Déjame ver... Pero acá dice «Grabado en Viena en 1893». ¡De eso hace más de un siglo!

—Tienes razón... Entonces si no es él, ¿quién podrá ser? —Ella miró el disco un rato, lo colocó en el fonógrafo y dio unas vueltas a la manivela. Esperamos ansiosos hasta que empezó a sonar nuevamente y fue cuando se oyó otra vez la voz del papapa, pero esta vez burlona, cantando un alegre villancico.

El escritorio de su majestad

Estábamos frente al tesoro del papapa. Según él, este mueble tiene más de doscientos años y había pertenecido a un rey francés. Nos había contado varias veces la historia de la «mesa de escribir del rey» (así le decía) y que, cuando estalló la Revolución francesa y fueron guillotinados todos los reyes y príncipes, este mueble viajó por todo el mundo hasta que él lo consiguió.

También nos contó que la reina, para salvar a sus hijos de la matanza, los escondió adentro de los cajones. Y que nadie supo que los niños estaban ahí, ni tenía las llaves, así que el mueble anduvo por España y África durante años. Después atravesó todo el desierto del Sahara y llegó a Puerto Negro, donde lo embarcaron en un galeón pirata que vendía esclavos.

Ahora recordaba las propias palabras del papapa:

—Yo conocí a un pariente de ese pirata. El muy zopenco había guardado el mueble en uno de los sótanos de su castillo, solo porque apestaba a mil demonios. Yo le hice una apuesta y le gané este bello armatoste. —Y golpeó con el puño una de las esquinas del tablero y, de repente, se abrió un cajoncito.

El papapa lo señaló y riendo nos dijo:

—Así fue cómo descubrí dónde estaban las llaves de los cajones. Y fui abriéndolos, ahí delante de mi amigo, ¿y saben qué encontramos?... ¡Claro, a los hijos de la reina!

—Estarían puro hueso —dijo mi hermana.

—Nooo, estaban vivitos y con unas ganas locas de salir.

—¿Pero no dijiste que apestaba a podrido? —pregunté.

—Jamás. Dije: «apestaba a mil demonios». Y, por supuesto, ¿qué querías?, después de no bañarse tantos años esos granujas.

—¿Y adónde se fueron entonces?

—Andan perdidos por ahí, apestando a vinagrillo.

Ahora que había recordado en segundos todo esto, me entraron unos escalofríos horribles. ¿No habría huesos en los cajones? ¿Calaveras con pelo? ¿Momias de niños? Porque si era verdad esa historia del escritorio, era imposible que todavía siguieran vivos (por más reyes que fueran).

—¿Te acuerdas de lo que nos contó el papapa? —me preguntó mi hermana como si hubiera adivinado mis pensamientos.

—Sí, pero no tengo miedo —mentí.

Miramos un rato en silencio las cosas que había sobre la mesa. Fuimos bordeándola, pisando algunos caracoles. Si levantábamos una navaja o una pipa o lo que fuera, quedaba su silueta dibujada en esa espesa capa polvorienta.

Mientras mi hermana iba refunfuñando que «hará una eternidad que no le pasan un trapo a esto», yo me quedé contemplando el barco en la botella. De todas las cosas, «el bajel prisionero» (como le decía el papapa) era lo que más me gustaba.

—Bueno —me interrumpió Malú—, ¿abrimos los diecisiete cajones o no?

—¿Diecisiete? Te equivocas, no tiene un número exacto. A veces pueden ser veintiuno, como también treinta y tres cajones.

—Claro, te lo dijo el muy sabido del papapa. —Y empezó ella a contarlos—. Uno, dos, tres..., siete..., once..., diecinueve.., sí, diecinueve cajones.

Entonces los conté yo, lentamente, y me dieron veinticinco. Mi hermana los volvió a contar y esta vez aumentaron increíblemente: cincuenta y un cajones grandes + tres cajones largos a los costados + un cajoncito en la pata derecha = CINCUENTA Y CINCO CAJONES, nada menos.

—¡No es posible! Aquí hay una maldición o algo...

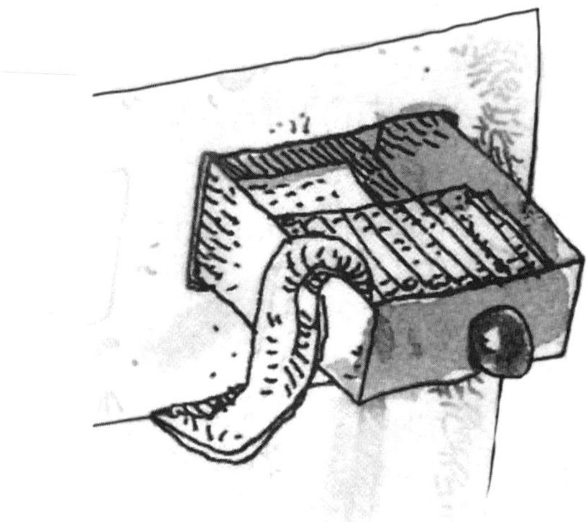

El árbol de nogal

Abrimos algunos cajones fácilmente. Y encontramos montones de papeles con poemas, dibujos de barcos, cuentitos. Mi hermana se aproximó a la lámpara y leyó unos versos del papapa:

La niña soñadora

Madre, ¿por qué es tan triste esa voz
que viene directamente a mi ventana?
Tú crees que en esta noche mágica
me hable de amor sin palabra vana.

De niña me contabas hermosos cuentos
de príncipes encantados en las fuentes
que rondaban de noche los helados vientos.

Madre, ¿es verdad todo lo que me decías
de reinos lejanos y yeguas aladas?
Déjame dormir con el balcón abierto
para que entre sola la noche hechizada.

—¡Lindísimo! —dijo sin quitar los ojos del papel—. ¿A ti te gustó?

Yo me había quedado contemplando los dibujos. Estaba maravillado con las galeras y sus remos a ambos lados, con las carabelas de tres palos y sus velas cuadradas, con los galeones de guerra y sus grandes mascarones de proa. Todas las cartulinas tenían al pie el nombre de la nave, una fecha y una pequeña descripción.

—Te he preguntado si te gustó —insistió molesta y pegó un zapatazo contra el suelo, justo cuando pasaba un pobre caracol—. ¡Fuchi! ¡Ya ves lo que te pasa por baboso!

—¿Baboso? Pero si solo miraba estos dibujos —le dije bastante sorprendido.

—No lo he dicho por ti, hermanito —me aclaró—. A ver los dibujos. ¿Los ha hecho el papapa?

—Parece que sí, ahí está su firma. —Yo estiré la mano para entregarle unos cuantos, pero ella no pudo ni recibirlos porque un feo crujido me hizo soltar todas las cartulinas. Fue un ruido como de escalera vieja y que provenía

del primer cajón, uno que estaba bien abajo, casi a ras del suelo. Nos miramos y, como si nos hubiéramos puesto de acuerdo, colocamos las cartulinas en silencio y nos dispusimos a abrir el chirriante cajón. ¡Fue impresionante! Pareció un pequeño bosque que brotó de pronto, ¡BRUMMM!, porque salió disparada la copa tupida de un árbol y el escritorio se llenó al instante de ramas retorcidas y verdes hojas.

—¿Estás ahí? —pregunté asustado, porque no veía a mi hermana entre tanto follaje.

—¡Es fantástico! ¡Mágico! ¡Asombroso! —Y la escuché trepar por las ramas y, después de un rato, morder algo muy duro.

—¿Te ha pasado algo?

—No, estoy mordiendo unas nueces. De acá debe sacarlas el papapa, para darse sus tremendos atracones.

No podía creerlo: un árbol de nogal dentro del escritorio. Yo sé que el nogal es un árbol grande, que da ese fruto y que tiene una madera muy apreciada en la carpintería. Tuve entonces una pequeña sospecha.

Metí mis narices y mis manos en el cajón. Miré bien por aquí y por allá y me di cuenta de que el tablero y los cajones eran también de nogal y que, lo más alucinante de todo, ¡eran parte del tronco! «¿Quién habrá sembrado este árbol encantado?», me pregunté. Y entonces sentí un aroma a campo y a río que me devolvió la tranquilidad.

El mejor cazador de insectos

Ese cajón estaba más duro, como atascado. Habíamos encontrado rápido su llave y le habíamos dado dos vueltas para un lado y nada, después dos vueltas para el otro lado y tampoco nada. Un rato así, hasta que tiramos con todo y se abrió.

¡Qué espectáculo!

Como si soltaran un montón de pájaros al aire, el cuarto se llenó ahora de alas. Todo se oscureció. Parecía el humo negro de un cañón que estalla y despide un trueno muy fuerte, pero que dura apenas un segundo. Porque después solo quedó una bocanada de aliento a perro muerto.

Las miles de alas que sobrevolaron nuestras cabezas habían desaparecido entre las vigas del techo. ¿Qué animales serían? ¿Cómo regresarlos al cajón? ¿Qué más habría adentro?

Yo empecé a pensar en lo peor (como cuando estoy desvelado a medianoche) y me comenzó a temblar el cuerpo.

—¡Mira! —gritó mi hermana.

Miré el cajón entreabierto y vi cómo escapaban de su encierro cucarachas, arañas, saltamontes y cuanta bestezuela invertebrada había sobre el planeta. Entonces supimos que ahí guardaba el papapa los insectos vivos que cazaba (ahorita te diré cómo) y que ese revoltijo de alas había sido un revuelo de moscones, polillas, abejorros...

De nuevo el techo nos llamó la atención, porque empezaron a brillar unas lucecitas fosforescentes y yo pensé de inmediato en las luciérnagas. «Pero qué raro», me dije, «ellas no tienen tantos colores». Mientras que de la enorme colección del papapa seguían saliendo orugas, escarabajos, mariquitas, gorgojos, chanchitos, ciempiés... hasta que no quedó nada. Nada de

nada. El cajón limpio como si le hubiesen acabado de pasar el trapo.

—¡Qué tal bichoteca! —atinó a decir Malú.

—¡Fantástica! —exclamé—. Hay miles...

—¡Claro, pero lo más increíble es que están vivos! ¿No te das cuenta de que los guardó así y ninguno se ha muerto?... ¿O es que han resucitado? —murmuró.

—Entonces el papapa es brujo de verdad.

—¡¿No me digas que has visto un caballito del diablo?! —susurró mi hermana verdaderamente aterrorizada.

Nos quedamos mudos. Un rato + otro rato, completamente mudos. Sabíamos que el caballito del diablo era cosa de brujería.

—Creo que no... todavía al menos —contesté.

Entonces ella suspiró y yo también. Lo que sí nos quedó claro, por fin, es lo que hacía el papapa con los insectos que cazaba en los rincones de la casa. Debajo de los muebles o entre los arbustos del jardín. Hasta trepaba a la higuera para cazar arañas o buscar huevecillos.

«¡Cuidado que te caes y me ensucias el suelo!», chillaba la abuela. Él como si nada continuaba su aventura exploratoria y entonces cogía el bicho (lo que fuera, una avispa o un alacrán), lo metía inmediatamente entre sus dos manos y, bien cerradas, formando una calabaza, las sacudía como una maraca. Luego se movía gracioso, cantando: «¡Maaaaaaaaaaaaaambo!».

Después de un rato se miraba la palma de la mano. El animalito estaba ahí atontado, quieto como un hollejo de uva. Entonces lo agarraba y se lo metía al bolsillo del chaleco, y de ahí seguía con su cacería de lo más contento.

Algunas tardes lo vimos guardar más de veinte insectos. Él los iba contando uno por uno y nos recordaba siempre que su récord era treinta y tres. Hacía con el índice el 33 en el aire, pero nos aclaraba:

—¡Treinta y dos alimañas y una mariposa de la calavera!

Un día nos enseñó una figurita de un libro con esa mariposa nocturna, así de grande y que tiene una calavera amarilla pintada en la cabeza.

—En África dicen que es la mariposa de la muerte —nos dijo con su VOZ cavernosa—, que ahí donde aparece es porque alguien va a estirar la pata.

Y ahora que yo recordaba esto, creía que íbamos a ser nosotros quienes estiraríamos la pata. Claro, apenas el papapa se enterara de que no quedaba ni una pulga en su bichoteca.

Compinches de los brujos

—¿Abrimos otro cajón? —le pregunté.

—Bueno, si se puede.

Movernos en el cuarto era realmente difícil y es que el nogal no había parado de crecer. Ahora las hojas cubrían todo el techo y al lío de ramas (unas rugosas y otras lisas) se habían agregado unos nidos de pájaros. Palomas torcaces, cucos y golondrinas fue lo que alcanzamos a ver.

Nos habíamos arrodillado y estábamos gateando para dar la vuelta al escritorio, cuando de pronto escuchamos un escalofriante gemido. Como si alguien estuviera allá arriba quejándose. Lanzamos una rápida y espantada ojeada: un par de luceros brillaban en la más cerrada oscuridad del follaje.

—Es un búho.

—No, una lechuza.

—Lo mismo da. Son dos aves de mal agüero.

Los ojos del pajarraco, amarillos y luminosos, nos habían hipnotizado. ¡Estábamos inmóviles!

—He leído... —me susurraba mi hermana— que tienen un pico ganchudo y unas garras quebrantahuesos.

—¡Unas garras quebrantahuesos! —repetí.

Entonces sucedió algo sorprendente. Ese animal destructor empezó a caminar hacia nosotros, muy despacio. Sus plumas estaban erizadas, pero era diez veces más grande que cualquier gato.

—¡... aag... aag... aag! —trató mi hermana de gritar.

El búho o la lechuza, no importa, lanzó un salto silencioso y cayó exactamente detrás de nosotros. Salimos del pasillo y nos dimos la vuelta instantáneamente. Sus garras habían aterrizado sobre una enorme rata.

—Yo creo que esa bestia nos iba a atacar.

—¿La rata?

—Por supuesto, y el pájaro nos ha salvado.

Vimos cómo la mordió por el pescuezo y la sacudió, hasta que su larga cola dejó de moverse por su cuenta. Ahora el roedor había quedado quieto en su pico como un trapo mojado. El pájaro levantó sus redondos ojos y nos guiñó uno de ellos, como si se cerrara una persiana en un cuarto iluminado.

Una nube en las tinieblas

—Ya no creo que sean tan malos esos pájaros... —iba diciendo Malú mientras gateábamos, abriendo camino, en ese pedazo de bosque.

—Como dicen que viven en los pantanos..., en las casas abandonadas.

—Pero la hechicería no es cosa de...

—También en los campanarios de las viejas iglesias.

—Está bien, ¿entonces tú crees en la misa negra..., el vudú..., los aquelarres?

—¿Aquelarre?

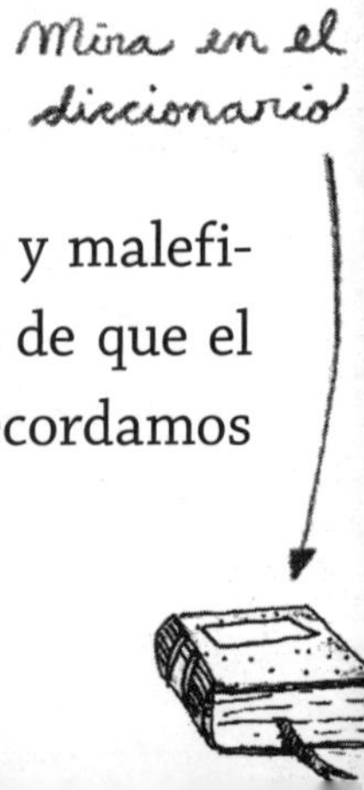

Y seguimos hablando de conjuros y maleficios (mientras yo me convencía más de que el papapa Florentino es un brujo). Recordamos sus pócimas y hasta sus historias de fantasmas, ¡escalofriantes!, pero que siempre terminan fatal. ¡Más malo, las malogra solo para terminar! Pueden ir de lo mejor y a él se le ocurre decir, por ejemplo, que el fantasma fue al baño a ocuparse y punto, sanseacabó. Y si protestamos se pica: «Escuchad —nos dice—, de quién creéis que son esos mojones misteriosos que quedan flotando en el váter».

En esos recuerdos estábamos, siempre a cuatro patas, hasta que dimos con un cajón caído del escritorio.

—¿Qué habrá ahí? —pregunté.

—¿Qué quisieras encontrar? —Y me hizo un gesto.

—No sé..., una pócima que nos saque de acá.

—Mmmm..., yo preferiría encontrar un filtro de amor —dijo mi hermana y puso su cara de tontonaza.

Yo me atreví a levantarlo para que ella despertara de sus fantasías románticas. ¡Para qué lo hice! Una inmensa nube oscura salió a la velocidad de un caballo negro..., FIUUU, y sentimos que el suelo se movía y escuchamos caer algunos adornos.

De pronto sentimos mucho frío. ¡No estábamos ya más en el cuarto, sino en un paisaje desierto! Como en una película de terror, de esas antiguas en blanco y negro, solo había una extensión de tierra y unos árboles resecos. Todo parecía muerto, menos un cuervo que se espulgaba en las ramas.

Había silencio de cementerio. El cielo estaba quieto y parecía pintado, todo lleno de tinieblas. Y en lo alto, como si anunciara una horrenda tormenta, colgaba la negra nube negra.

Un estampido de cascos de caballo y choque de espadas nos congeló las venas. Fue entonces como una pesadilla lo que vivimos: rugidos de guerreros y ayes de moribundos estremecieron el aire... AUUU... IIIOOO... AHHH... UJJJ... UAUCH... AGGG... SHIII... WUAAA... Nosotros escuchábamos y mirábamos con espanto, con dolor, a dos ejércitos matarse sin piedad. Peo-

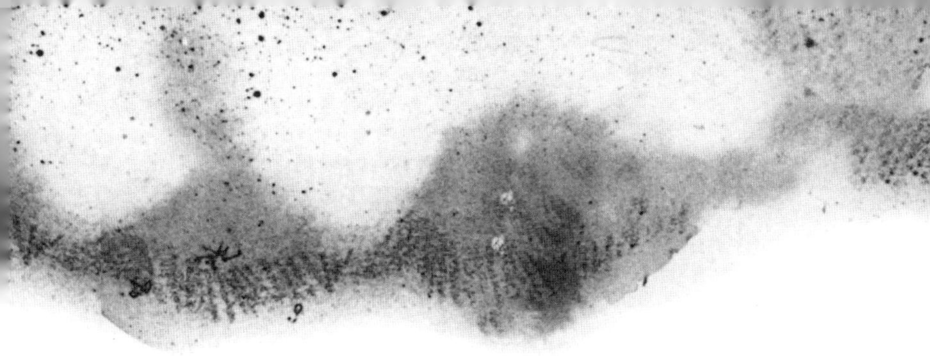

nes, alfiles y torres combatían para avanzar por un terreno de abismos y de rocas.

—¡Es el ajedrez del papapa! —gritó mi hermana.

—¡Mira cómo le hunden la lanza a la reina!

Y vimos a los caballos desbocados, relinchando sin ojos. Las torres derruidas. Descuartizados los peones y los alfiles. Y al fondo de todos los casilleros ensangrentados, tan orgullosos y viudos, los reyes soñando con la victoria.

—Jamás volveré a jugar al ajedrez —pronuncié muy triste.

—¿Acaso es una guerra sanguinaria? —me hizo reaccionar mi hermana—. ¿No te das cuenta de que es un juego que podría reemplazar a las guerras?

—Sí, pero quiero largarme de acá. —Pegué tal puntapié al cajón que volvió a quedarse boca abajo y dormido.

La negra nube negra desapareció. Un segundo más tarde estábamos de nuevo en el cuarto y ya Malú tiraba de mí, gritándome: «¡Salgamos de este cuarto, que está maldito!».

Los tres principitos

Creo que fue la palabra ¡MALDITO! (que acababa de pronunciar mi hermana) la culpable de que se abriera solo el cajón del costado. Es el más grande y no tiene cerradura, solo un tallado de tres ángeles en alto relieve.

Al abrirse sonó un chirrido, IIIIIIIIIIII, igual a un triciclo oxidado. Después sentimos un olor a mil demonios.

—No serán los hijos... —susurré cuando aparecieron unos ojos del fondo. Brillaban como trozos de vidrio.

—Deben ser... —contestó mi hermana.

Nos escondimos de inmediato detrás de las ramas y hojas del árbol, mientras una tembladera nos sacudía el cuerpo. Tuvimos que aguantarnos la respiración para escuchar lo que hablaban («*Alors les enfants, qu'avez vous l' intention de faire...*»). Claro, es francés, así que mejor te traduzco:

—¡Vaya, al fin libres!

—¿Este será el infierno?

—No creo que haya libros ahí...

—¡Sería horrible!

—¡Lo peor!

—A lo mejor ese es el castigo: leer, leer, leer...

—¡PUAJJJ!

Después uno de ellos se descolgó como cangrejo. Llevaba unas ropas desgarbadas, superandrajosas y unos botines puntiagudos. Tenía el tamaño de un duende y su melena larga y blanca le llegaba hasta los talones. Su piel era casi transparente y muy arrugada.

Después salió el segundo. Idéntico. El tercero se tiró o se cayó de cabeza y se dio tal revolcón que quedó moribundo, patiabierto como un sapo. Era el más viejazo, así que lo ayudaron a ponerse en pie. Ahora los tres estiraban muy torpemente sus brazos y piernas y bostezaban como si despertaran de la otra vida. El más viejazo gritó:

—*Ça va bien mes enfants, alors a vivre!*

—*OUIII! OU LA LA! Mervelleuse!*

O sea:

—¡Bueno, chicos, ahora a vivirrr!

—¡SÍÍÍ! ¡YUPI! ¡BRAVO! ¡YEEEEE!

Y empezaron a sacudirse, primero muy despacio y luego cada vez más rápido y violento. Levantaron tal polvareda que parecía que nos sepultaban en el cuarto. Desaparecieron de pronto ante nuestros ojos, ¡en medio de dos siglos de polvo y pelusa!

Pero, antes de que el nubarrón desapareciera, nos pareció ver que atravesaban el cuarto tres niños felices. Completamente felices. Iban a la velocidad del relámpago, brincando sobre los muebles, chillando de alegría y desnudos. Completamente desnudos.

—¿Has visto?

—¡Maravilloso! Si han resucitado —comentó risueña Malú—, sería el colmo que ahora se resfríen.

Los libros, la cajita y el orinal

Habíamos llegado a la otra habitación (la segunda) y pudimos ponernos de pie, así que continuamos caminando y aplastando caracoles. Claro, sin querer. Pero, por más cuidado que poníamos, no había paso que no terminara despachurrando algún pobre caparazón. Es que se metían entre nuestros pies, como queriendo que no avanzáramos. Y ¡craj!, ¡craj!, ¡craj!, ¡craj! Sonaba igualito a masticar hojuelas de maíz.

Habríamos dejado unos cuarenta y tres emplastos caracoleados en la alfombra y nuestras medias llenas de un engrudo apestoso, cuando llegamos al fondo del cuarto. A mi hermana se le ocurrió buscar en la repisa de «los libros

prohibidos» (así llamaba el papapa a unas enciclopedias de arte).

—Mmm..., te apuesto que aquí encontraremos algo muy interesante.

Pero yo ya me había tropezado con el orinal del papapa, así que le hice una seña a Malú con cara de asco. Nunca lo habíamos visto, aunque sabíamos de su existencia porque la abuela siempre renegaba de «un orinal asqueroso que este cochinazo guarda en su escritorio».

—Allí escupe cuando tiene ganas —nos decía un día la abuela—. ¡Qué escupitajos! ¿Y ustedes creen que cuando tiene necesidad de hacer pis, este va al baño?

Y esperó un segundo.

—Nooo, ahí hace pis. Si es un puerco inmundo... —Y bla bla bla bla bla bla bla bla bla bla bla bla bla bla bla bla bla bla bla bla bla bla bla tenía para rajar una hora (por lo menos).

Así que ahora que acababa de chocar con este orinal blanco y grandote, lo primero que pensamos fue ni tocarlo.

—Será peor que el desagüe —dijo mi hermana.

Pero mi curiosidad fue más grande que mi asco, así que...

—Mira, creo que son flores marchitas.

—Sí, son pétalos resecos —dijo ella estirando tímidamente la cabeza—, pero qué bien huelen.

Ahí estaba al fondo del orinal, como pica pica, como trocitos de cáscaras de mandarina, como corales y algas muertas, un precioso adorno floral. Resultaba que ahora ese orinal de hierro enlozado era una verdadera joya de jardinería.

—No hay duda... Lo que pasa es que el papapa es brujo —dije.

—No vas a creer que acá... —Ella hizo una mueca, pensando en ya sabes qué cochinadas.

—Nada, lo que pasa es que el papapa es brujo —repetí.

—Ah, sí, seguro —lo dijo sin convicción, más ansiosa por ver los libros prohibidos.

Entonces regresó a la estantería y levantó un brazo e intentó sacar uno de los librotes del estante. Apenas asomó parte de la carátula (PINTURA DE LAS BRUJAS DEL SIGLO...), nuevamente el miedo empezó a apoderarse de nosotros.

De todas formas lo sacó, se sentó en la alfombra y puso el libro sobre sus piernas. Lo abrió al azar: las dos páginas estaban en blanco. Volvió a abrirlo y a abrirlo y a hojearlo con desesperación y no había una sola lámina. Todas las páginas estaban en blanco.

Lo dejó y se paró a sacar otro libro. Se sentó en la alfombra y puso el libro sobre sus piernas. Lo abrió al azar: las dos páginas estaban en blanco. Volvió a abrirlo y a abrirlo y a hojearlo con desesperación y no había una sola lámina. Todas las páginas estaban en blanco.

También lo dejó y se paró a sacar otro libro. Se sentó en la alfombra y puso el libro sobre sus piernas. Lo abrió al azar: las dos páginas estaban en blanco. Volvió a abrirlo y a abrirlo y a hojearlo con desesperación y no había una sola lámina. Todas las páginas estaban en blanco.

Etcétera, etcétera, etcétera.

Quedaron esparcidos un montón de libros por el suelo (CUADROS DE FENÓMENOS HUMANOS, MUSEO DE LOS LOCOS, PINACOTECA DE JOROBADOS Y ENANOS, GALERÍA DE GRABADOS INDECENTES...), todos descuajeringados y sin una sola reproducción de pintura, sin un solo dibujo, sin una sola línea. ¡El colmo!

—O el papapa está demente mental —decía mi hermana moviendo la cabeza— o estos libros están hechizados.

—Lo que pasa es que el papapa...

—¡Ya séé!

Bueno, seguimos. La cajita la encontramos en la gaveta central del escritorio. Es circular y tiene pintada en la tapa una rosa de los vientos (que es la guía de los navegantes, porque señala todos los rumbos del horizonte). El papapa Florentino siempre nos advertía:

—No la abran nunca, por nada del mundo, porque si no desaparece lo que hay adentro.

—¿Pero qué hay? —le preguntábamos.

Y él, más mudo que una piedra, hasta que un día nos dijo:

—Bueno, si son tan granujones, adivinen.

—¿Un diente de tigre? —empecé por preguntar.

—Nones.

—¿Las cenizas del demonio?

—Nones.

—¿Una piedra lunar?

—Nones.

—¿Unos ojos bizcos?

El papapa bostezó.

—¿Un pez volador?

El papapa estiró las piernas, se acomodó y se hizo el dormido.

—¿Una verruga de la abuela? —Ya ofendida, siguió mi hermana con sus preguntas chinches—. ¿Una cochinadita del ombligo? ¿Una trufa de moco?

El papapa abrió un ojo:

—Mmm... ¿Tú crees que hubiera guardado esas delicias? —dijo y se sobó la panza con un gesto de corazón contento.

Malú se mató de risa y le dio un coscorrón al papapa. Se abrazaron. Pero yo sí tenía verdadero interés en saberlo, así que solté esta pregunta:

—¿Una cosa de magia?

El papapa me miró con sus ojos descomunales.

—*Ecco una cosa buona!* —dijo de pronto y pareció rejuvenecer como ochenta mil años—. *Piccola, incantada segreta! Una boccatta affascinante!*

—En serio, pues, algo como un polvillo o una pata de conejo.

—O una herradura... —Mi hermana metió su cuchara.

Nos dijo que teníamos «una imaginación *pal* gato» (realmente) y que por qué no se nos ocurría pensar en «un supergenio panzón como yo», y recuerdo que abrió sus brazos como si estuviera en el teatro.

—¿En la cajita? —preguntó mi hermana riéndose y después susurró—: Ni que fuera un camión de basura.

—Ampay —dijo el papapa y agregó con su voz cavernosa—, eres una insolente y encima una desconfiada: si quisiera podría guardar ahí una culebra gigantesca.

Y nos quedamos con la idea de que ahí adentro había una superanaconda. Tú sabes que es una boa que puede comerse hasta un hipopótamo. Bueno, ese era el momento de saber la verdad. Bastaba con destapar la cajita que mi hermana tenía en sus manos...

—Bueno, ¿la abro o no la abro? —me preguntó.

—No, mejor no... ¿O sí?... Puede ser peligroso... ¡Ya, de una vez...!

Mi hermana sacó la tapa haciéndola girar. Aguantamos la respiración... y... y... ¡maldición! No había nada adentro, solo el brillo del fondo. Empezaba mi hermana a poner su cara de rabia, cuando un sonido de muy lejos nos acarició

los oídos. Un oleaje... Sí, un ir y venir de olas como el rumor que escuchamos en algunas caracolas.

Un minuto después, ella y yo oímos unos vozarrones de altamar. OOO OOOOO OOOO OOOOOOO OO OOOOO.

—¿Te acuerdas —me preguntó mi hermana— de esa noche que veníamos de la isla con el papapa?

Pero, claro, era la canción de los piratas. Si hasta se puso a cantarla en el bote... Y empecé a recordar...

—Es la cantinela de los ahorcados —nos había dicho—, son las últimas voces de los condenados antes de la gran caída.

Y nos explicó que la «gran caída» era colgar acogotado del mástil de un barco y balancearse al compás del oleaje. ZUUM ZUUM ZUUM. Y que los pobres sufrían un montón antes de morirse. Que podían pasar la noche viéndolo todo, escuchándolo todo, pero lo que no podían pasar era ni una gota de saliva.

—La garganta se les hace un nudo y la lengua acaba hinchada como una pelota. —Hizo una burla horrible, con sus ojos girados.

—¿Ya habrá terminado? —me preguntó Malú y me devolvió bruscamente al cuarto, donde ahora reinaba un gran silencio.

—Parece, ¿no? —le contesté—, ¿por qué mejor no tapas la cajita y nos olvidamos de esos ahorcados? —(Ya hasta empezaba a sentir la soga en la garganta).

Ella buscó algo, dudó:

—¿Tú tienes la tapa?

Ninguno de las dos la tenía. Nos tiramos al suelo a buscarla.

—Pero si tú la abriste...

—Sí, pero yo creo que te la di...

—Nada que ver...

—Ojalá aparezca...

Yo rogaba que volvieran al fondo de la rosa de los vientos el rumor de las olas y la canción de los piratas. «Verdad, ¿adónde irán nuestras voces?», me pregunté algo distraído, cuando escuché sollozar a mi hermana:

—Estamos perdidos... Ahora sí que el papapa nos cuelga...

El papapa se vuelve invisible

En esas angustias estábamos los dos, a punto de desesperarnos, cuando una sombra pasó por el aire, FUUUUUUUUUUUUUU, y se metió en el cuarto del costado (el tercero). La miramos con los ojos redondos y sin respirar.

—¿Qué es eso? ¡Ha pasado a un pelo de mi nariz!

—No sé, pero vino de arriba —dije aterrado.

—¡Mira! —Y me señaló el retrato del papapa Florentino que está colgado sobre el escritorio.

En ese cuadro al óleo, que fue pintado por un tío selvático, ¡el papapa había desaparecido! Ahí donde había estado su cara molesta y sus ojos vigilantes, no quedaban más que unas manchas oscuras.

—¡Qué espanto! ¡Ya no aguanto más!

—¿Por qué no salimos ya? —susurré.

—Pero no voy al otro cuarto ni muerta —dijo mi hermana.

Algo se cayó en el otro lado. Fue un ruido fuerte, violento como una advertencia. Después... el silencio más grande de los silencios. «Tampoco yo iría», pensé. Es que Malú tenía toda la razón del mundo: en el otro cuarto nos estaría esperando la sombra y justo ahí, para nuestra mala suerte, está la puerta de salida.

La puerta de salida la puerta de salida la puerta de salida la puerta de salida la puerta de salida la puerta de salida la puerta de salida la puerta de salida. ESTO SE LLAMA OBSESIÓN, y con esta única idea nos quedamos mucho tiempo estáticos y sin hablar, hasta que estuve a punto de dormirme parado.

—Psss... psss... —me llamaba mi hermana.

—¿Qué quieres?

—Mira el cuadro. —E hizo un gesto.

Levanté la cabeza medio dormido y se me volvieron a abrir los ojos como platos. Me encontré cara a cara con el papapa. Quiero decir que estaba de nuevo su retrato, ¡él metido en la pintura! Pero no fue necesario mirarlo mucho para darnos cuenta de que tenía otra mirada: ahora su cara estaba radiante.

—¿Te das cuenta de cómo nos mira? —me dijo mi hermana muy ofendida—. ¡Se está burlando de nosotros!

Y era verdad: ¡horas y horas de pie como bobos, para que él esté ahora con su sonrisita antipática! Pero quién no sabe que el papapa es un burlonazo.

—¡Te jorobaste, abuelo! ¡Vamos a seguir rebuscando en tus cosas! —exclamó mi hermana muy molesta, después le sacó la lengua y le dio la espalda.

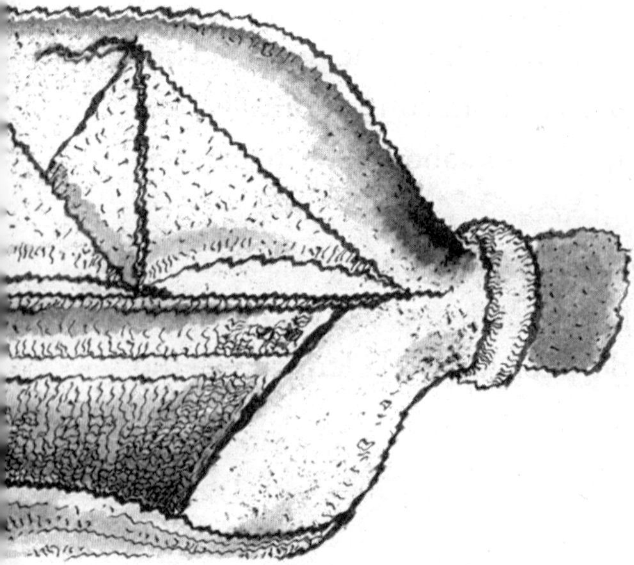

Soñador de barcos

Nos pusimos a curiosear de un lado a otro. Yo me entretuve con algunas cerámicas, mientras Malú seguía intrigada con los libros. Ya tenía tres o cuatro más en la alfombra (los había sacado de otro estante) y la escuchaba refunfuñar porque no encontraba una sola página impresa.

—¡En blanco! ¡En blanco! ¡En blanco!

Yo había leído, trepado en el estante: BOTELLA SILBADORA VICÚS: MONO CADAVÉRICO, escrito por el papapa en una etiqueta de la cerámica más horrorosa. Olía a tumba. Calculo que tendría unos mil años de antigüedad. La agarré y di un soplo por el orificio del rabo. Salió un silbo por sus ojos idéntico al chillido del mono.

Mi hermana pegó un brinco.

—¡Casi me da un ataque! —gritó—. ¡No seas bruto!

Luego se puso de pie y trepó también a rebuscar entre los estantes de arriba, diciendo:

—Ya me harté de esos libros mentirosos... Creo que es más emocionante encontrar chu-

cherías.

Yo pensé: «Boba, ahora te das cuenta», pero le dije: «¡Copiona!», y de pura rabia bajé a inspeccionar las repisas de abajo. Vi varios tarros alineados: TABACO CUCARACHENTO... MENTOL CHINO... RAÍCES VENENOSAS... GALLETAS DE ANÍS... SUPOSITORIOS EXPLOSIVOS... SEMILLAS DE GIRASOL... CÁPSULAS PARA SOÑAR...

Iba a abrir uno de ellos (¿cuál abrirías tú?...), pero al moverme me pareció pisar otro caracol, solo que esta vez no fue ese lindo animalito del que ya había un gran camposanto en la alfombra. No. Lo que tenía bajo el zapato era el pico de una botella. Nada menos que de la botella del barco: o sea, del «bajel prisionero».

«Seguramente cayó del escritorio cuando aparecieron las ramas del árbol y ha rodado hasta acá», pensé.

Lo recogí y me puse a examinarlo. Recordé que el papapa me contó cómo entraban los barcos ahí dentro. Que era falso ese cuento de que los armaban con pinzas y agujas. «¡Qué trabajo artístico ni qué ocho cuartos!», gruñía. «¡Son barcos de verdad! ¡Se los tragan las botellas de los náufragos...!».

Y me lo explicaba realmente enojado:

—¿Conoces esas botellas con mensajes? Esas que tiran los pobres marineros que se han quedado abandonados en alguna isla desierta. Te imaginarás que son mensajes desesperados. ¡Que no es chiste! Claro, los pobres se están muriendo de hambre y de sed. Pues cuando en alguna tripulación leen el mensaje y no le hacen el menor caso y devuelven la botella al mar, entonces ahí viene la dulce venganza: la botella, ¡GLUB!, se traga el barco, con mar y todo.

—¡Y me importa un comino que no me creas! —vociferaba.

Recogí la botella y la miré con verdadero interés. Pero mi hermana me interrumpió.

—¡Mira esta maravilla! —exclamó. Se había subido a la repisa más alta y desde ahí me mostraba un hermoso reloj de arena.

Nada, yo volví a concentrarme en la botella y su barco encerrado. Pude leer la minúscula inscripción tallada en la popa: **Olhos de Água. Portugal. 1623.**

—¡Eh, mira esta maravilla! —insistió mi hermana.

Nada, yo estaba ahí con la idea de destapar la botella. Tal vez fue la sombra del barco lo que me animó. Yo veía un reflejo azul en el vidrio, precioso, como del mar bajo un sol brillante. Lo cierto es que ahora sí estaba a punto de estallar la catástrofe de la noche.

¡La auténtica catástrofe!

En cuanto quité el corcho de la botella, un chorro de agua me lanzó contra uno de los estantes. Empapado de pies a cabeza, contemplé asombradísimo cómo salía el mar por la boca de la botella.

¡Era la catarata del fin del mundo!

En pocos segundos se había anegado el lugar y empezaba a flotar todo: la cajita + los pétalos resecos del orinal + los libros + un montón de caracoles vivos. Parecía que estábamos metidos en una gran y horrible sopa.

—¡Haz algo! —gritó mi hermana y se tiró de cabeza desde el estante-trampolín a buscar la bendita botella. Había que encontrarla y taparla antes de que se saliera también el barco. ¿Te imaginas? Mientras tanto, el aniego seguía creciendo a enorme velocidad y se desbordaba a los otros cuartos del escritorio. Sentí una fuerte corriente que arrastraba ramas y cáscaras de nueces. Yo me agarré de la puerta y busqué a mi hermana.

No salía. De pronto sacó la cabeza y noté de inmediato que le faltaba el aire.

—¡Dame la mano! —le grité.

—¡No pue...!

... Y el agua la cubrió. Volvió a aparecer, esta vez más cerca pero ya desesperada. Pataleó, quiso gritar, tragó agua. Me miró y se volvió a hundir...

Su cabeza parecía una medusa. Entonces yo estiré mi brazo lo más que pude y la agarré de los pelos y tiré de ella con todas mis fuerzas. La tuve a mi lado y traté de mantener su cara afuera para que pudiera respirar. Poco a poco fue reponiéndose, hasta que me dijo: «No me tires tan fuerte del pelo».

Nos quedamos agarrados a la puerta mientras notamos que el mar se apaciguaba. Sí, había parado de salir, pero ya la superficie llegaba hasta el techo..., casi nos aplastaba la cabeza, porque apenas teníamos espacio para sacar las narices.

«Tal vez empiece a flotar la casa, como el arca de Noé», pensé, no sé si para darme ánimos o qué. Porque los dos estábamos aturdidos y aterrados, sin saber cómo diablos escapar de ese enorme pozo. Para colmo, a Malú se le ocurrió estornudar y entonces provocó unos pequeños tumbos que ahora nos tapaban los ojos...

El reloj de arena

¿Recuerdas que antes del desastre marítimo mi hermana me había gritado: «¡Mira esta maravilla!», y me había enseñado un hermoso reloj de arena? Hasta dos veces me gritó y yo ni caso. ¿Te acuerdas? Bien, entonces regresemos a ese momento...

—¡Mira esta maravilla! —exclamó. Se había subido a la repisa más alta y desde ahí me mostraba un hermoso reloj de arena.

Ella lo había encontrado al fondo, escondido entre unos viejísimos libros de colegio (hasta eso guarda el papapa). Échale un vistazo al dibujo: es un reloj de arena de vidrio, con un armazón de bronce y una arena finita en su interior.

¡Ese reloj de arena fue el que nos salvó la vida!

Ella lo tenía en la mano cuando vio que yo destapé el corcho de la botella y el chorro me tiró contra las repisas. ¿Recuerdas que en pocos segundos se anegó el lugar y yo empecé a creer que era el fin del mundo? Después mi

hermana me vio paralizado de terror y entonces gritó: «¡Haz algo!». ¿Recuerdas que ella se tiró de cabeza desde el estante-trampolín para buscar la bendita botella?

Pues un instante antes de lanzarse, ella dejó el reloj en la repisa. Lo dejó sin darse cuenta de que lo ponía al revés. Sí. Gi-ra-do. Entonces la arena quedó amontonada arriba y al toque empezó a colarse por la cintura del reloj. NUEVAMENTE, para hacer volver el tiempo que ya había pasado...

Porque mientras las aguas subían por las paredes del escritorio y se caían los estantes y las ventanas parecían peceras y los libros se ahogaban en las profundidades y todo flotaba en un caldo de agua salada y nosotros nadábamos con el corazón en la boca, el más grande misterio del papapa hacía el milagro de regresarnos al principio de la historia...

De nuevo el comienzo

Nos habíamos quedado como soñando, los dos, mirando las chispitas que producían las llaves cuando el cerrajero las limaba. TSS TSS TSS. De repente Malú sacudió su cabeza, me miró a los ojos y me dijo:

—No sé por qué, pero me parece mejor olvidarnos de esto...

—¿Quieres decir no cumplir el plan?

—No solo eso, sino todo: no preguntar sobre el papapa, no averiguar nada, no intentar entrar a su escritorio...

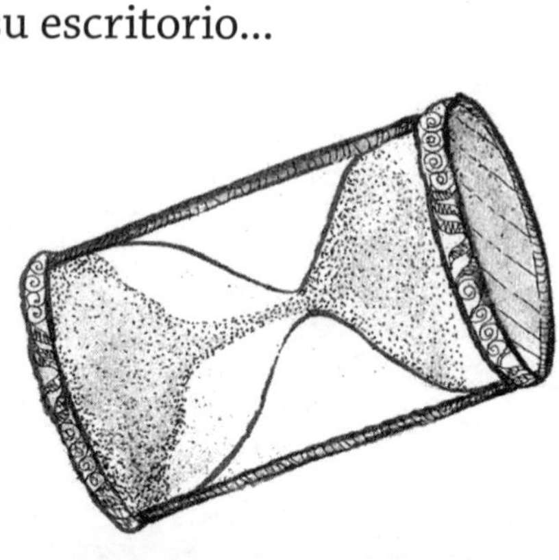

—¿Me estás diciendo que no escriba el cuento solo porque tienes miedo?

—No es miedo. Es que creo que él es especial, que es lo que es. No necesitamos rebuscar más...

—Pero ¿tú crees que él es verdaderamente un brujo?

—Nooo..., ¿o sí?

—Yo estoy seguro de que es un brujo. Buenísimo, pero brujo.

—Mmmm... ¿Y te gustaría que todos supieran sus secretos? ¿Que vinieran montones a verlo como un fenómeno? ¿Te imaginas colas y colas de gente?

Yo empecé a imaginarme que salía a la calle y me encontraba con una fila de curiosos: señoras, chicos de colegio, policías, vendedores ambulantes, bomberos, perros callejeros, el alcalde, hasta el cura de la parroquia. «¡A lo mejor lo queman por brujo y me quedo sin papapa!», pensé.

Fue más que suficiente, así que acepté cancelar el plan. Pagamos las llaves duplicadas y, en el camino de regreso, fuimos tirándolas por ahí.

Solo guardamos una, la de la puerta principal, como un recuerdo (mmm..., ¿quién sabe?).

Cuando llegamos a casa, todavía el papapa Florentino seguía roncando. ¡Poderosas, las hierbitas! Tenía el libro entre las manos y las piernas abiertas. Le colocamos despacio los tres llaveros en su cinturón y de pronto exclamó:

—¿¡Quién me hace cosquillas!?

... Y estiró sus brazos cuanto pudo, soltando un tremendo bostezo. El aire se llenó entonces de los mismos olores que habíamos sentido en su escritorio. Nos dio algo de miedo y más cuando abrió su boca para decirnos: «Qué extraño, he tenido un sueño horripilante».

—Imaginen que un par de granujas, UN PAR DE VERDADEROS GRANUJAS —y nos clavó sus ojos con sus cejas diabólicas—, se habían colado en mi escritorio para granujear.

—¿...?

—¿...?

—Y ustedes saben que no hay nada más siniestro que granujear.

—¿...?

—¿... curiosear? —balbuceó mi hermana.

—¡Mucho peor! Porque granujear es fisgonear entre mis cosas. ¡Eso es! ¡Husmear en mis secretos como una rata inmunda...!

Y el papapa se calló. Jadeaba como un animal rabioso, tenía fuego en los ojos y sus huecos de la nariz se habían dilatado tanto que se le veían todos los pelos. De pronto nos preguntó:

—¿Ustedes se atreverían a meterse sin permiso en mi escritorio?

Se nos heló la sangre en las venas. Permanecimos mudos y estáticos.

—No se asusten, chicos. Yo sé que no lo harían ni en broma...

Y mientras nos alejábamos más tiesos que una tabla, mirando de frente y con las bocas estiradas por el pánico, creímos escuchar estas palabras:

—Sería bueno que se limpien los zapatos, esa baba de caracol mancha el suelo y no sale.

Fin

Jorge Eslava

(Autor)

Nació en Lima, en las navidades de 1953. Estudió en la Universidad Nacional Mayor de San Marcos, donde se doctoró en Literatura.

Siguió cursos de posgrado en Madrid y Lisboa. Es profesor universitario y escritor.

Su obra —en narrativa y poesía— es reconocida y ha merecido distinciones importantes, como el primer Premio Copé de Poesía.

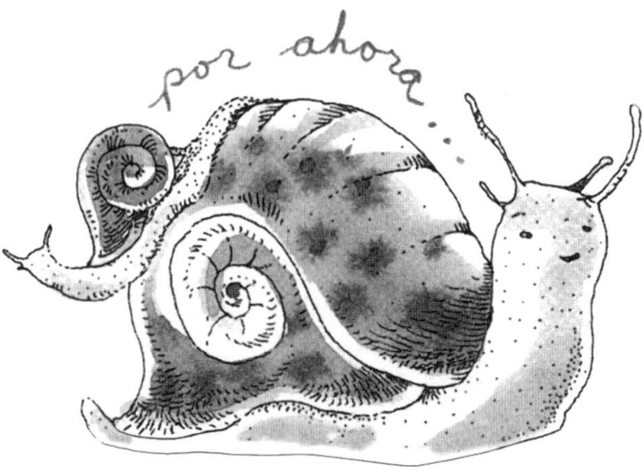

Aquí acaba este libro
escrito, ilustrado, diseñado, editado, impreso
por personas que aman los libros.
Aquí acaba este libro que tú has leído,
el libro que ya eres.